MIS PRIMEROS LIBROS

ESCUCHAME

por Barbara J. Neasi

ilustrado por Gene Sharp

Traductora: Lada Josefa Kratky

Consultante: Dr. Orlando Martinez-Miller

Preparado bajo la dirección de Robert Hillerich, Ph.D.

CHILDRENS PRESS®
CHICAGO

Para mi madre, Florence

Library of Congress Cataloging-in-Publication Data

Neasi Barbara J.
    Escúchame.

    (Mis primeros libros)
    Resumen: Cuando mamá y papá están demasiado
ocupados para hablar y escuchar, uno puede recurrir a la
abuelita, que siempre se muestra muy comprensiva.
    [1. Abuelas—Ficción. 2. Escuchar—Ficción]
I. Título. II. Serie.
PZ7.N295Li   1986   [E]   86-10665
ISBN 0-516-32072-6

Me gusta hacer preguntas.

Me gusta escuchar cuentos.

A veces mamá no tiene
tiempo para escucharme.

A veces papá no tiene
tiempo para hablar conmigo.

Es entonces que necesito
a mi abuelita.

Cuando abuelita me lleva

de compras, me escucha.

Cuando llevo a abuelita de paseo,

la escucho.

Cuando abuelita me lleva
a las clases de baile,
me escucha.

ESPECIALIDADES

BURRITOS

TACOS

TOSTADAS

16

Cuando llevo a abuelita a comer,

la escucho.

Cuando abuelita me ayuda
a dibujar, me escucha.

Cuando ayudo a abuelita
en el jardín,

la escucho.

A veces abuelita y yo nos
sentamos en el jardín,

hablamos y nos escuchamos,
el uno al otro.

Abuelita dice:

—Todos necesitamos que nos escuchen.

LISTA DE PALABRAS

a	dice	hacer	papá
abuelita	el	jardín	para
al	en	la	paseo
ayuda	entonces	las	preguntas
ayudo	es	lleva	que
baile	escucha	llevo	sentamos
clases	escúchame	mamá	tiempo
comer	escuchamos	me	tiene
compras	escuchar(me)	mi	todos
conmigo	escuchen	necesitamos	uno
cuando	escucho	necesito	veces
cuentos	gusta	no	y
de	hablamos	nos	yo
dibujar	hablar	otro	

Sobre la autora

Barbara Neasi es escritora y madre de dos niñas gemelas. Escribió su primer libro, *Igual que yo*, porque vio que había una gran falta de libros adecuados que describiesen cómo dos niñas gemelas pueden ser iguales y tener los mismos gustos, pero a la vez pueden ser muy diferentes en muchos otros aspectos. En *Escúchame*, el segundo libro que ha publicado con Childrens Press, la Sra. Neasi explora la relación maravillosa que tiene un niño al escuchar y compartir cosas con su abuela.

Sobre el ilustrador

Gene Sharp nació y fue criado en Iowa. Vive y trabaja como artista en el área de Chicago. Ha ilustrado varios libros de la serie *Mis primeros libros*.